Richard Wüerst, Friedrich Gerstäcker

**Vineta oder: Am Meeresstrand**

Große romantische Oper in drei Akten

Richard Wüerst, Friedrich Gerstäcker

**Vineta oder: Am Meeresstrand**
*Große romantische Oper in drei Akten*

ISBN/EAN: 9783743444256

Hergestellt in Europa, USA, Kanada, Australien, Japan

Cover: Foto ©Andreas Hilbeck / pixelio.de

Manufactured and distributed by brebook publishing software (www.brebook.com)

Richard Wüerst, Friedrich Gerstäcker

**Vineta oder: Am Meeresstrand**

(Den Bühnen gegenüber als Manuscript gedruckt.)

# Vineta,
oder:
## Am Meeresstrand.

Große romantische Oper in drei Akten.
Volkssage, nach Gerstäcker bearbeitet und in Musik gesetzt
von
**Richard Wüerst.**

Den ausschließlichen Druck der Arienbücher, behufs der Aufführung, behalten wir uns vor, und sind dieselben durch uns zu beziehen.

Ausschließliches Eigenthum von Ed. Bote & G. Bock
(G. Bock),
Hofmusikhändler JJ. MM. des Königs u. der Königin u. Sr. Königl. Hoheit
des Prinzen Albrecht von Preußen.

Berlin, 1863.

## Personen.

Bruno, ein Förster. (Tenor.)
Seine Mutter. (Alt.)
Gertrud, seine Braut, eine Waise. (Hoher Sopran.)
Hannsen, ein alter Fischer. (Baß.)
Claas, sein Sohn. (Spieltenor.)
Melchior, Oberhaupt der Stadt Vineta. (Baß.)
Benita, seine Tochter. (Mezzosopran.)
Fischer, Fischerinnen. Bürger der versunkenen Stadt.

Ort der Handlung: Strand der Ostsee.
Zeit der Handlung: Achtzehntes Jahrhundert.

## Erster Akt.

Dichter Tannenforst; links ein Försterhaus; in Mitten des Hintergrundes ein alter bemooster Radziehbrunnen. Bruno's Mutter und Gertrud sitzen vor der Thür mit häuslicher Arbeit beschäftigt.

### Introduction.

**Mutter.**

Wie lebten wir doch so still und froh;
Kein Wölkchen trübte unser Glück.
In Spiel und Scherz der Tag entfloh,
Und Frosinn lacht' aus jedem Blick.
Doch das ist Alles nun dahin!
Anstatt, daß ihr euch küßt und herzt,
Geht ihr einher mit trübem Sinn.
O, wüßtet ihr, wie mich das schmerzt.

**Gertrud.**

Wohl fühl' ich seine Lieb' erkalten
Und seh', wie's ihn von hinnen treibt.
O, könnt' ich den Geliebten halten,
Der ewig mir im Herzen bleibt.

(erhebt sich.)

**Mutter** (folgt ihr).

Wer wird auch gleich das Schlimmste denken! —
Der Herr wird Alles zum Besten lenken.

**Gertrud** (eifrig).

Hört nur! — Ging er vor Tag,
Folgt' ich ihm heimlich nach,

Wie er mit eil'gem Schritt
Durch die Gebüsche glitt.
Immer dem Meere zu
Ging's ohne Rast und Ruh.
Da stand er dann am Dünenrand,
Blickt' in die Wogen unverwandt.
Die Zeit verstreicht, er merkt es kaum;
Er steht und sinnt, als wie im Traum. —
Daheim ist er dann kalt und still,
Daß mir das Herz zerspringen will.
(weint.)

| Mutter. | Gertrud. |
|---|---|
| O trockne Deine Zähren | Lass' fließen meine Zähren |
| Bezwing' Dein bittres Leid; | In diesem bittren Leid. |
| Es kann nicht ewig währen | Sein Liebeswort zu hören |
| Auf Leiden folget Freud'. | Allein ist Seeligkeit. |

Gertrud nimmt ein Körbchen und geht in den Wald. Als die
Mutter in's Haus treten will kommt Bruno von der anderen Seite des Waldes hastig auf sie zu und küßt sie auf
die Stirn.

## Zweite Scene.

Bruno.

Da bin ich, Mutter.

Mutter.

Sei mir gegrüßt!
Blickst Du doch so wild und wüst,
Als hätt'st mit dem bösen Feind gestritten. —
Wollte Dich just um Etwas bitten.
Sei doch zur Gertrud recht sanft und gut.
Sieh', 's ist ihr gar so weh zu Muth',
Wenn Du so kalt und finster bist.
Weiß ich doch, daß sie Dein Herzlieb ist.

(Sie drückt ihm die Hand und geht in's Haus. Bruno hat die
ganze Zeit mit innerer Unruhe zugehört und bricht nun un-
gestüm los.)

## Dritte Scene.

### Bruno.

Nein, diese Liebe füllt nicht meine Brust,
Wohl tiefrer Regung bin ich mir bewußt;
Ein ungekanntes Glück möcht' ich umfassen
Und müßt' ich drum das Leben lassen! —
Seit ich jüngst, als kaum der Tag gegraut,
Am Meeresstrand ein Engelsbild geschaut,
Ein holdes Kind in luftigem Gewand,
Das bald im Nebel meinem Blick entschwand —
Seit jenem Tag ist mir mein Herz entzweit.
Mein Sehnen all' ist ihr geweiht,
Und doch zieht auch mein treuer Sinn
Mich zu der Jugendliebe wieder hin. —
Eh' ich das Zauberbild erblickt',
Lebt' ich mit Gertrud still beglückt;
Und jetzt — jetzt möchte ich mich hassen,
Daß ich von Jener nicht kann lassen.

(Er wirft Hut und Jagdtasche auf den Tisch und sinkt erschöpft auf einen Stuhl. Die Mutter tritt aus dem Hause und geht Gertrud entgegen, die eben mit dem Korbe voller Beeren zurückkehrt.)

## Vierte Scene.

### Gertrud.

Da bin ich mit Schätzen des Waldes beladen!

### Mutter.

Willkommen, willkommen, mein trautes Kind!

### Gertrud (zeigt ihre Waldbeeren).

Seht nur, wie schön, wie erlesen sie sind.
(Zu Bruno.)
Gott grüß' Dich, Bruno! Wie war die Jagd?
Hast Du uns Beute heimgebracht.

### Bruno (düster).

Bin nur so durch den Wald gegangen,
Hab' meinen Gedanken nachgehangen.

Gertrud (lehnt sich auf seine Schulter).
Das mußten wohl liebe Gedanken sein?

Bruno (ergreift ihre Hand).
Ich dacht' auch Deiner.

Gertrud (erfreut).
Du dachtest mein!?

Bruno (herzlich).
Ich dachte, wie Du so gut und lieb,
Daß mich's am Ende zu glauben trieb:
Ich wäre Deiner wohl gar nicht werth.
(erhebt sich.)

Mutter.
Wenn man Dich da so reden hört
Möchte man Wunder was von Dir denken;
Und thust doch keine Seele kränken.

Bruno (für sich).
O, wär' es wahr, was ihre Lippe spricht,
Kränkt' ich die treuste Seele nicht.

Gertrud (für sich).
Er ist so sanft, so tiefbewegt,
Daß neues Hoffen sich in mir regt.

Mutter (für sich).
Der Seele harten Kampf verrathen seine Züge;
Gott geb' ihm Kraft, daß er nicht unterliege.

Bruno.
Doch seht, die Sonne steht schon tief, ich muß
Zur Jagd mich rüsten.
(Er setzt den Hut auf und hängt Büchse und Jagdtasche über.)

Mutter.
Wie?!

Gertrud.
Du willst zur Jagd?!

#### Bruno.

Des alten Hannsen Sohn hat morgen Hochzeit,
Dazu hab' ich 'nen Rehbock ihm versprochen.

#### Gertrud (betrübt).

Und meine schönen Beeren? — Böser Mann!

#### Bruno (heiter).

Sie werden trefflich euch munden.
Ich muß in den Wald hinaus.
Hab' ich das Wild gefunden,
So kehr' ich heim zum Schmaus.

#### Mutter (besorgt).

O, kehre bald zurück, mein Kind
Und laß dir sagen:
Es ist nicht gut bei Nacht und Wind
Im Walde jagen.

#### Gertrud (zu Bruno).

Mir ist, als müßt' ich Dich halten,
Voll Lieb' und Liebesweh,
Als drohten dunkle Gewalten,
Daß ich Dich nimmer seh'.

#### Mutter und Bruno.

O laß' Dein Sorgen, Dein Verzagen,
Laß' froh Dein Herz und muthig schlagen!

#### Gertrud.

Bist Du mir fern, möcht' ich verzagen,
Möcht' mit Dir ziehen, mit Dir jagen!

#### Bruno (zu den Andern).

Ich muß in den Wald hinaus,
Hinaus zu des Waidmanns Lust,
Im grünen Tannenhaus
Wird freier mir die Brust.

Mutter.

O lehre ꝛc.

Gertrud.

Mir ist als ꝛc.

(Bruno drückt Beiden die Hand und geht dann rasch. Die Mutter und Gertrud stehn und winken ihm nach; dann ab in's Forsthaus.)

## Verwandlung.

### Fünfte Scene.

Ein Fischerdorf am Strande der Ostsee. Rechts im Vordergrunde Hannsens Hütte mit einer Bank davor. Im Hintergrunde die See; links eine über die See hängende Klippe. Am Strande umgekehrte oder auf den Sand gezogene Boote; Stangen mit trocknenden Netzen Fischer kehren in ihren Booten heim; das volle Segel wird am Strande schnell eingezogen. Die Fischer springen in's Wasser und ziehen die Fahrzeuge an's Land; Fische, Tau- und Segelwerk werden an's Land getragen.

Heimkehrende Fischer.

Hoi ho! Hoi ho!

Chor.

| 1. | 2. |
|---|---|
| Aus weitem Meer, | Wenn hoch und hohl |
| Wo Wellen brausen | Bei scharfem Wehen |
| Und Winde sausen, | Die Wogen gehen, |
| Da kommen wir her. | Da fischet sich's wohl; |
| Der grünen See sei Dank; | Da sind wir unverzagt, |
| Wir bringen guten Fang. | Weil uns das wohlbehagt. |
| Hoi ho! Hoi ho! | Hoi ho! Hoi ho! |

Frauen und Mädchen
(die nach und nach herbeigekommen sind).

Willkommen, willkommen auf heim'schem Strand!

Hannsen.

Flink, geht den Männern an die Hand!
Holt Fische heraus,
Schleppt Ruder nach Haus.

Frisch angefaßt und nicht geziert,
Die Fiedelbogen sind schon geschmiert.
Wollt ihr bald zum Tanze gehn,
Dürft ihr jetzt nicht müßig stehn.

Die Frauen helfen den Männern; die Mädchen scherzen mit den Burschen.

### Die Männer.
Frisch angefaßt
Und aufgepaßt.
Wer tanzen will,
Steh' jetzt nicht still!

### Die Frauen.
Wir helfen gern,
Stehn nicht von fern,
Dankt ihr uns fein
Beim Ringelreih'n.

### Alle.
Wie fördert Frohsinn das Werk!
Man schafft mit lachendem Herzen,
Winkt nach der Arbeit der Lohn
Mit Tanzen, Singen und Scherzen.

### Hannsen.
So recht; das Tagwerk ist vollbracht.

(Zu den Musikanten.)

Musik, spiel' auf zum Feste!

(Zu den Anderen.)

Weil Claaßen Morgen Hochzeit macht,
Seid ihr heut' meine Gäste.

Der Chor schreit: „Juchhe". Die Musikanten stellen sich auf Einer auf einer Tonne, ein Anderer auf einer Bank u. s. w. und spielen einen ländlich nationellen Tanz, bei dem sich die Paare, von Claas mit seiner Braut geführt, lustig drehen. Hannsen ermuntert die Tänzer und setzt sich dann mit einigen Alten auf die Bank vor seinem Hause, vor die seine Frau einen Tisch mit Getränk gestellt hat. — Darauf Solo-Charaktertanz. — Allgemeines ländliches Finale, während dessen Bruno mit einem Rehbock angekommen ist, den ein Paar Jungen tragen und den er Hannsen übergiebt. Hannsen dankt ihm pantomimisch und ladet ihn ein, sich zu ihnen zu setzen, was Bruno auch thut. — Am Schlusse des schnellen Tanzes setzen sich Einige ermattet nieder. Claas wischt sich die Stirn und kommt mit seiner Braut am Arm zu Hannsen.

## Sechste Scene.

**Claas.**
Ach, Vater Hannsen, wir können für's Erste nicht mehr!
Guten Abend, Herr Förster!

**Hannsen.**
So ruht Euch aus und fangt dann wieder an.

**Claas.**
Ja seht, das woll'n wir auch; doch als wir tanzten,
Habt Ihr geruht. Derweil wir nun verschnaufen,
Müßt Ihr doch auch was thun.

**Hannsen.**
Nur nicht was tanzen.

**Claas.**
Nein — aber singt uns was; Ihr wißt so schöne Lieder.

**Chor.**
Ja, singt uns Eins!

**Hannsen.**
Schon gut — schon gut; sei's drum!
Setzt Euch und hört mir zu. —

Hannsen läßt sich in Mitten der Bühne auf einen niedrigen
Schemel nieder; man macht sich's um ihn her bequem, so gut
es geht. Hannsen ist mit seiner Pfeife beschäftigt, dann
singt er:

**Lied mit Chor.**
Wo jetzt die Wasser gleiten
Dort unter der Klippenwand
Vor alten, alten Zeiten
Vineta prächtig stand.

**Chor** { Viel reiche Bürger wohnten drin
**wiederholt.** { Mit eitlem Thun und stolzem Sinn.

Da kamen mit frommen Lehren
Einst Priester in den Ort,
Die wollte man nicht hören,
Nicht thun nach ihrem Wort.

**Chor.** Und endlich gar, von Zorn entflammt
Hat man zum Tode sie verdammt.
„O, wolle uns erretten!"
Die frommen Priester fleh'n.
Der Herr sprengt' ihre Ketten,
Hieß sie von dannen geh'n,

**Chor.** Versenkt' die Stadt zur selb'gen Stund'
Mit Allen auf des Meeres Grund.
Oft tönt's, wie Glockenklänge
Aus tiefster, tiefster See;
Verlockende Gesänge
Sie steigen in die Höh.

**Chor.** Das ist das Klingen jener Stadt,
Die dort am Meer gestanden hat.

Bruno hat aufmerksam zugehört und sagt jetzt zu Hannsen:

### Terzett mit Chor.

**Bruno.**
Die Sage kannt' ich längst.
Als Knabe schon trieb es mich an den Strand,
Um auf das Klingen dort zu lauschen, —
Doch hört' ich immer nur des Meeres Rauschen.

**Hannsen** (erhebt sich).
Und dennoch klingt's, ich kann's beschwören,
Für den, der Ohren hat zu hören.
Ich selbst vernahm an stillen Tagen
Den leisen Sang
Und Glockenklang
Aus tiefem Meer emporgetragen.
Ja, ist die See recht spiegelklar,
Sieht man der Thürme Spitzen gar.

**Bruno.**
Ihr scherzt!

**Hannsen.**
Nein, nein; ich scherze nicht!

**Claas.**
Ihr hört ja, daß er ernsthaft spricht.

### Hannsen.
Sah Mancher doch von uns beim Fang
Dicht unter'm Wasser einen alten Mann
In längst verscholl'ner Tracht!

### Chor der Fischer.
Wir sahen's oft.
Das Herz hat uns vor Angst geschlagen,
Mußten ein Vaterunser sagen.

### Claas (geheimnißvoll).
Und wüßtet Ihr erst, was ich geseh'n —

### Alle.
Was sahst Du denn, mach's doch bekannt!

### Claas (wie vorher).
Ein Mädchen war es, jung und schön
Mit langen Locken, in weißem Gewand —

### Bruno (tritt in höchster Aufregung auf Claas zu und faßt seinen Arm).
Wo sahst Du sie, wo kam sie her?!

### Claas.
Sie stieg dort unten aus dem Meer,
Schritt über den Strand
Und die Dünenwand,
Setzt' sich auf einen Stein und sang —
Vergeß' es nicht mein Leben lang!

### Bruno (für sich).
Sie ist's! Es ist das Zauberbild,
Das meine Seele ganz erfüllt!

### Hannsen (Claas neckend).
Ei Claas, Dein Bräutchen wird Dich lehren
Auf fremder Dirnen Lieder hören.

### Claas.
Ach Vater, geht, Ihr sprecht im Scherz.
Die Gret' hat doch mein ganzes Herz.

### Chor.
Geh' Claas, Du wirst uns nicht bethören;
Laß' Andre Deine Mährchen hören.

Hannsen.
Doch schon sinkt die Sonn' in's Meer.
Schnell noch den Kehraus und dann zu Bett.
Morgen bei guter Zeit geht's in die Kirche
Drüben im Nachbardorf. — Flink aufgespielt!
Ich wag' es selbst noch 'mal mit meiner Alten.

*Hannsen eröffnet den Kehraus mit seiner Frau, die Anderen folgen.*

Hannsen.
Und als der Großvater die Großmutter nahm,
Da war der Großvater ein Bräutigam.

Chor.
Ein Bräutigam! Ein Bräutigam!

*Claas singt dieselbe Strophe, man tanzt rasch herum und zerstreut sich dann nach allen Seiten. Bruno sieht dem kurzen Tanze theilnahmlos zu.*

*Hannsen geht mit seiner Frau auf seine Hütte zu und reicht Bruno die Hand.*

Nun gute Ruh! Und vergeßt nicht den Kirchgang.
Kommet hübsch zeitig mit Mutter und Braut.

Bruno (in sich versunken).
Sorgt nicht, wir kommen.

Hannsen (ruft in die Scene):
Claas! ei wo bleibst Du?!

Claas (hat seine Braut geleitet und kommt eilig gelaufen).
Bin schon zurück! Gute Ruh, Herr Förster!

(Während Bruno ihm zunickt, folgt er seinen Eltern in die Hütte.)

### Siebente Scene.

*Die Sonne vergoldet mit ihren letzten Strahlen die Scene.*

Finale.
Bruno.
Was ich vernahm, hat mich so tief bewegt,
Mir ist, als müßt' ich auf des Meeres Grunde

Mein Heil, Erfüllung meines Sehnens suchen,
Als weilte dort mein holdes, süßes Lieb!
O, wie neues Hoffen mich belebt,
Wie mich liebliche Bilder umgaukeln,
Wie auf Schwingen der Phantasie
Mir die Langersehnte endlich naht!
 Schon mein' ich sie zu pressen
 An diese heiße Brust,
 Die trübe Zeit ist vergessen,
 Laut jubl' ich auf vor Lust!

   Recitativ.
Doch ach, zu früh frohlock' ich freudetrunken.
Der Sehnsucht Ziel ist wieder mir versunken.
  Nur kaltes Lieben
  Ist mir geblieben. —

   (Er schreitet dem Strand zu.)
Tiefe unendliche See,
Lass' Deine Wunder mich schauen,
Send' ein Zeichen empor,
Daß ich mich Dir mag vertrauen!

  Chor aus der Tiefe der See.
 Aus dem Korallenhain
 Beim grünen Wogenschein
 Lass' Trost Dir bringen
 Auf Liebesschwingen.

   Bruno.
 Ha! welch ein Klingen!?
 Soll es mir Antwort bringen?
 Wie bebt mein Herz
 Vor Lust und Schmerz!

  Bruno (steigt auf die Klippe).
Ist denn mein Ruf zu Euch gedrungen.
Ihr, dort in Meeresgründen,
So sagt: Hab' ich genug gerungen,
Wie kann ich die Liebste finden?!

Chor.

Dem rastlos Strebenden
Uns sich Ergebenden
Erschließt sich das Land
Seiner Seele verwandt.

(Bruno horcht den Klängen mit halbem Leibe über die Klippe gebeugt. Die Sonne versinkt in's Meer; Nacht bricht ein; der Vorhang fällt langsam herab.)

Ende des ersten Aktes.

## Zweiter Akt.

### Erste Scene.

Eine Düne mit kurzem Weidengebüsch, dahinter die See. Bruno schläft unter einem Weidenbusch rechts, doch nicht ganz im Vordergrunde. Links im Vordergrunde liegt ein großer Stein. Die Musik beginnt vor Aufgang des Vorhanges und begleitet das Aufgehen der Sonne.

Recitativ.

Bruno (schüttelt sich im Schlaf).

Mich friert!
(Reibt sich die Augen.)
Doch wie? — Wo hab' ich denn geschlafen? —
Ach ja — nun find' ich mich wieder zurecht.
Ich konnte von der See mich gestern nicht trennen,
Das Singen und Klingen zog mich immer wieder
Zurück, so oft ich auch den Heimweg antrat.
Da hab' ich mich denn unter'm Weidenbusch
Hier an der Düne, so nach Waidmanns Art
Dem Schlafe überlassen — und den Träumen.

Wo aber endete das wache Träumen
Und wo der wahre Traum im Schlaf begann —
Zu sagen wüßt' ich's nicht! — Doch nun genug!
Daheim ist man in Sorgen, wo ich bleibe;
Auch muß ich eilen, um den Hochzeitszug
Nicht zu versäumen. —

(Während der letzten Worte hat er seinen Hut aufgesetzt; als er, seine Büchse ergreifend, sich bereits auf ein Knie erhoben hat, gewahrt er Benita, die sich aus dem Meere erhebt.)

### Zweite Scene.

Sie steigt über die Düne, schreitet langsam in den Vordergrund und läßt sich auf den Stein nieder. Ein weißes, faltiges Gewand, in der Mitte von einem Gürtel aus grünem Seetang zusammengehalten, umwallt sie. Auch durch ihr langes Lockenhaar windet sich ein dünner Zweig davon. Ihren Hals schmückt eine rothe Korallenschnur.

Bruno (in halb aufgerichteter Stellung).
O Himmel!' träum' ich noch?! Sie ist's — Sie ist's! —
Sie sieht mich nicht. — Kaum wag' ich mich zu regen. —

Benita, auf dem Stein sitzend, pflückt kleine Zweige des Seetangs, der ihre Hüften umschließt, wie halb bewußtlos, ab und singt dabei:

#### Lied.

Ich hab' es den Sternen am Himmel gesagt,
Den Weg mir nach der Heimath zu zeigen;
Ich habe die rauschenden Wipfel gefragt,
Die tanzenden Nixen im Mondesreigen,
    Das flüsternde Schilf an dem öden Strand,
    Die Wellen, wie sie dem Sand entrollen,
    Die wandernde Schwalbe vom fremden Land,
    Daß sie die Heimath mir künden sollen.
Umsonst — sie mochten nicht Rede steh'n,
Es wollte mir Keines Antwort sagen;
Umsonst, umsonst war mein heißes Fleh'n,
Sie brausten davon und ließen mich klagen.

Bruno ist während des Gesanges vollends aufgestanden und hat sich Benita genähert.

## Duett.

**Bruno** (singt leise in der Weise des eben erklungenen Liedes).
Du findest die Heimath in treuer Brust,
Dort blüht Dir neues, seel'ges Leben,
Ihr mußt Du all' Dein Leid und Lust,
Dein Lieben all' zu eigen geben.

**Benita** (lauscht überrascht und entzückt, ohne sich umzuwenden, aber sich erhebend, und singt ebenso).
Lieblicher Trost! Süßer Gesang!
Wer ist es, der mir Antwort bringt,
Deß Stimme trauter Klang
Mir durch die Seele dringt?

**Bruno** (tritt ihr näher).
Laß Deinen Blick in meiner Seele lesen!

Benita wendet sich um und erblickt Bruno. Stumm haften Beider Blicke eine Zeit lang an einander, dann wenden sich Beide heftig erregt und gleichsam beschämt von einander ab.

**Benita** (für sich).     **Bruno** (für sich).

Aus seinen Blicken     Trink' ich Entzücken
Strömt Entzücken     Aus ihren Blicken,
In dieses Herz,     Muß dieses Herz
Als müßt's genesen.     Von Leid genesen.

**Bruno** (zu Benita).
So fühlst auch Du dies Sehnen, holde Maid?

**Benita** (halb abgewandt).
Auch ich! Selbst nicht das Meer vermag's zu stillen.

**Bruno.**
Das Meer? Wie deut' ich Deiner Rede Sinn?

**Benita.**
Tief unten auf dem Grunde
Da liegt eine Stadt im Meer,
Dort weint' ich manche Stunde
Das Herz so sehnsuchtschwer.

Bruno.
So zog es Dich zu uns herauf,
Willst länger dort nicht weilen
Und hier am hellen Sonnenlicht
Des Herzens Wunde heilen?

Benita (erhebt sich, als wollte sie gehen).
Mich heilen nicht der Sonne Strahlen,
Mich freuet nicht der Blumen Pracht.
Ertragen muß ich bitt're Qualen,
Bleibt es in meinem Herzen Nacht.

Bruno (ergreift ihre Hand).
Doch wenn sich eine Seele fände,
Die Deiner Seele Sprache spricht,
Die, Dir verwandt, Dein Herz verstände?! —

Benita.
Ich suchte lang' und fand sie nicht. —

Bruno (feurig).
Du hast, was Du gesucht, gefunden!
Ein treues Herz ist Dir vereint,
Mein Herz, für ewig Dir verbunden,
Das mit Dir jubelt, mit Dir weint,
Das gleiches Leid mit Dir getragen —
O fühl' es Dir entgegenschlagen!

(Legt ihre Hand auf sein Herz.)

Benita (in heftiger, doch unterdrückter Bewegung).
Du liebst mich?! Kennest Du mich denn?

Bruno.
Ich kenne Dich genug, um Dich zu lieben!
O sprich — vertraust Du mir — bist ewig mein?

Benita.
Auf ewig Dein?! — Wie magst Du ewig nennen
Die kurze Spanne Zeit, die Dir vergönnt?!
Laß mich hinab
In's Wellengrab,

Dort, wo man ewig liebt,
Wo es kein Scheiden giebt.

**Bruno.**
So sei Du meine Führerin,
Zeig' mir die Bahn; ich muß sie gehn,
Und bärge Tod sie und Gefahren, —
Ich fühle Kraft sie zu bestehn!

**Benita** (faßt ängstlich und liebevoll seine Hand in die ihrigen.)
Hast Du bedacht, was Du begehrt, —
      (Abgewendet.)
Was Dir mein Herz so gern gewährt?!
     (Wieder ihm zugewendet.)
Nennst Du auch eine Seele nur noch Dein,
Ein einz'ges Herz, das mit Dir schlägt und fühlt,
So bleibe hier am Sonnenlicht, —
Dort unten ist's dunkel und kalt.

**Bruno.**
Durch meiner Liebe Allgewalt
Wird jedes Land mir licht und warm,
Halt' ich Dich fest in meinem Arm.

**Benita** (halb abgewandt).
Bangen und Seligkeit
Streiten in meiner Brust.

**Bruno** (erfaßt ihre Hand).
Führe mich, holde Maid,
Zu ew'ger Liebeslust.
   (Erhebt bittend seine Hände zu ihr.)
Ach, ende meiner Seele Pein!

**Benita** (zu Bruno gewandt).
Ja, Deine Lieb' ist wahr und rein.
(In seliger Begeisterung mit zum Himmel erhobenen Armen.)
Dank, Vater, Dir,
Daß Du dies Herz mich finden lassen!

2\*

(Zu Bruno.)
Dein bin ich nun!
(Sinkt an seine Brust.)

Bruno.
Traumhaftes Glück!
Kaum wag' ich's zu erfassen.
Man hört Glockengeläute; später den herannahenden Hochzeitszug.

Benita (reicht Bruno die Hand).
So folge mir. Mein Arm wird Dich beschirmen,
Wenn sich die Wogen um Dich thürmen;
Und wenn die Fluthen über Dir zusammenschlagen,
Sollst Du an meinem Herzen nicht verzagen.

Bruno.
Ich folge Dir. Dein Arm wird mich beschirmen,
Wenn sich die Wogen um mich thürmen;
Und wenn die Fluthen über mir zusammenschlagen,
Will ich an Deinem Herzen nicht verzagen.

Sie steigen Hand in Hand über die Düne, während der Hochzeitsmarsch schon ganz nahe ertönt.

## Dritte Scene.

Der Hochzeitszug kommt rechts im Hintergrunde zum Vorschein und zieht quer über die Bühne; voran zwei Fischer, die Fahnen schwenken und in die Luft werfen, dann Musikanten, darauf das Brautpaar und der Chor paarweis. Hannsen beschließt mit seiner Frau den Zug.

Chor.
Frohgeschmückt mit Strauß und Band
Ziehen wir durch's sonn'ge Land.
Uns're Jubellieder schallen,
Daß die Ufer wiederhallen.
Zu Ehren dem jungen Paar!

## Vierte Scene.

Während der Zug sich dem linken Vordergrunde genähert hat, treten Gertrud und Bruno's Mutter hastig auf. Man grüßt sie im Vorbeiziehen. Sie nöthigen Hannsen aus dem Zuge zu treten, der indeß weiterzieht. Hannsen giebt seiner Frau zu verstehen, sie möge ruhig gehen.

### Terzett.

**Mutter.**
Hört, Vater Hannsen! Auf ein Wort!

**Hannsen** (eilig).
Sagt schnell, was giebt's? Gleich muß ich fort.

**Mutter.**
Voll Sorgen kommen wir zu Euch —

**Hannsen.**
Ei, ei.

**Gertrud.**
Voll Sorg' und Herzeleid —

**Hannsen** (ungeduldig).
So redet doch und saget schnell,
Warum Ihr so geängstet seid.

**Mutter.**
Nun seht, Ihr kennt doch meinen Sohn? —

**Hannsen.**
Ja, ja!

**Mutter und Gertrud.**
O gebt von ihm uns Kunde;
Zum Jagen zog er gestern aus
Und kam nicht heim bis diese Stunde.

**Gertrud.**
Die ganze Nacht
Hab' ich gewacht
Und sein gedacht

Hannsen (halb spöttisch, halb ärgerlich).

Das ist mir auch ein großes Leid
Und werth, daß ihr so ängstlich seid!
Beim frohen Waidmannstreiben
Kann man die Nacht wohl außen bleiben.

Gertrud und Mutter.
Ach, Vater Hannsen, treibt nicht Scherz!

Hannsen.
Stets bricht Euch Weibern gleich das Herz.

Gertrud (ängstlich bittend, erfaßt Hannsens einen Arm).
Wann habt Ihr ihn zuletzt geseh'n?

Mutter (ebenso, nimmt den andern Arm).
Er wollte gestern zu Euch geh'n.

Hannsen, (in dem Gutmüthigkeit mit Ungeduld kämpft).
Hab' ihn am Abend noch begrüßt.
Jetzt laßt mich, eh' man mich vermißt.
(Er macht Miene zu gehen, wird aber auf's Neue aufgehalten.)

Gertrud und Mutter.
Wenn Ihr den Theuren könnt' erspäh'n,
So sendet ihn zu uns zurück,
Die wir daheim vor Angst vergeh'n.
Ist er uns fern, blüht uns kein Glück.

Hannsen.
Sollt' ich beim Feste ihn erspäh'n,
So send' ich ihn zu Euch zurück.
Seid nur getrost! Was auch gescheh'n,
Vertrauet muthig dem Geschick.

(Hannsen eilt dem Zuge nach. Mutter und Gertrud nach der anderen Seite ab.)

## Verwandlung.

Aus der Tiefe steigt die Vineta empor.

### Fünfte Scene.

Eine große offene Halle in der versunkenen Stadt. Mittelalterliche Architectur. Säulen, in der Mitte durch eine niedrige Brüstung verbunden, tragen die Gewölbe. Man erblickt das Meer, und, von dem grünen Schleier desselben umflossen, die versunkene Stadt, Korallenbäume und die Gebäude mit Seetang und Moos bewachsen. Wie weit die Versinnlichung des Meeres möglich, bleibt dem Decorateur überlassen. — Bruno ruht zu den Füßen Benita's. Sie trägt ein lichtblaues, goldburchwirktes Gewand, in der Mitte durch ein künstlich geflochtenes, goldenes Band zusammengehalten, dessen äußerste Enden mit Steinen besetzt sind. Durch die Locken windet sich eine einfache Schnur Perlen mit Seetang durchflochten und ein kleiner goldener Seestern hält das Gewand über der Brust befestigt.

**Bruno.**

Ist's denn kein Traum, daß ich, von Dir geliebt,
Zu Deinen Füßen ruh' in tiefster See?

**Benita.**

Es ist kein Traum. Die Pforte Deines Glück's
Und auch des meinen ist erschlossen. Doch,
Noch eine Prüfung hast Du zu bestehn —

**Bruno** (sie unterbrechend).

Nichts soll uns trennen! Unauflöslich fest
Sind wir vereint. Nimm diesen Ring zum Pfande
Der Liebe hin; reich Du den Deinen mir.

(Giebt ihr den Ring.)

**Benita** (giebt ihm den ihrigen).

Nimm ihn und mit ihm meine ganze Seele.

(Bittend umfaßt sie seinen Nacken.)

Sei treu, Geliebter!

**Bruno.**

Treu bis in den Tod!

## Sechste Scene.*)

Es treten Bewohner der versunkenen Stadt in uraltem Kostüm auf, erst wenige, dann nach und nach mehr. Sie sehen erstaunt auf den Fremden, den Benita umschlungen hält.

### Chor.
Wie?! Ein Fremdling weilet hier?!
Ein Fremdling in Benita's Arm?!

**Bruno** (bemerkt die sich im Hintergrunde Sammelnden).
Sieh dort, man kommt, man scheint uns zu bedroh'n.

**Benita** (läßt ihn los und tritt mit ihm in den Vordergrund).
Sei ohne Furcht, uns schützet uns're Liebe.

### Chor.
Wer bracht ihn durch die tiefe Fluth?
Wer schirmt' ihn vor des Meeres Wuth?
Stieg sie zum Sonnenlicht empor?
That sie ihm auf des Meeres Thor?
(Tritt zu Benita heran.)
Benita, sprich!

Melchior tritt auf.
Sein Kostüm mit goldener Halskette deutet auf den hohen Rang, den er einnimmt.

### Melchior.
Benita, sprich!

Wie Benita ihn erblickt, wirft sie sich stürmisch an seine Brust.

### Benita.
Mein Vater!

### Melchior.
Mein theures Kind! Du bist bewegt,
Daß laut Dein Herz und stürmisch schlägt, —
Wer ist der Fremdling, sag' es frei?!

---

*) Schon gegen den Schluß der fünften Scene müssen Einzelne aus dem Chor auftreten und pantomimisch ihr Staunen kund geben.

#### Benita.

O Vater, mußt Du mich noch fragen,
Sagt meines Herzens lautes Schlagen
Dir nicht, wer jener Fremdling sei?

#### Melchior.

Kennst Du auch das Gesetz:

*(Chor wiederholt diese Strophe.)*

Nur wer mit starker Hand
Ein jedes Band zerrissen,
Das ihn geknüpft an jenes sonn'ge Land,
Nur der darf unser Leben theilen,
Und ewig muß er dann
Im Meeresgrunde weilen!

#### Bruno.

Der Lichtstrahl, der aus ihren Augen bricht,
Der sei mein Tag, mein Sonnenlicht!

#### Melchior und Chor.

Und hast der Deinen Du gedacht,
Der grünen Flur, des Himmels Pracht?

#### Bruno.

Mein Himmel ist ihr Liebesblick,
In ihrem Herzen ruht mein Glück.

#### Benita (zu Melchior).

O höre auf mein heißes Fleh'n,
Laß mich vor Bangen nicht vergeh'n.
Kannst Du doch Herzen nimmer trennen,
Die treu und rein in Liebe brennen.

#### Bruno (zu Melchior).

So laß die Prüfung denn beginnen,
Ich muß die holde Braut gewinnen.
Kannst Du doch Herzen nimmer trennen,
Die treu und rein in Liebe brennen.

#### Melchior (für sich).

Mich rühret tief ihr heißes Fleh'n,
Vor Bangen will sie fast vergeh'n.

Zwei Herzen will ich nimmer trennen,
Die treu und rein in Liebe brennen.

**Chor.**
Wie rühret uns ihr heißes Fleh'n,
Vor Bangen will sie fast vergeh'n.
Kann er von jener Welt sich trennen,
Woll'n wir ihn gern den Unsern nennen.

**Melchior** (zu Benita und Bruno).
Wohlan, es sei!

(Zu Bruno.)
Bereite Dich und stähle
Dein junges Herz, indeß die Unser'n Dich
Nach altem Brauch in ihre Kreise schließen.

**Benita** (zu Bruno).
O wanke nicht, willst Du das Ziel erreichen.

**Bruno.**
Mein fester Sinn soll keiner Prüfung weichen.

**Melchior und Chor.**
Mit festem Sinn wirst Du das Ziel erreichen.

## Siebente Scene.

Eine Menge von Meerbewohnern tritt auf und umtanzt das junge Paar in unheimlicher Weise. Der Sinn ihres grotesken Tanzes ist der, daß sie Bruno zu sich heranziehen möchten, doch noch keinen Theil an ihm haben. Gewissermaßen dient er auch als Vorbereitung für die nachfolgende Prüfung. Am Schlusse des Tanzes gruppiren sich die Larven um das junge Paar.

## Achte Scene.

**Melchior** (tritt heran und weist nach dem Hintergrunde).
Jetzt schau' dorthin!
Vermagst Du ohne Sehnsucht und Verlangen
Zu sehen, was sich dort wird zeigen,
So sei'st Du als der Unsere empfangen

(Zeigt auf Benita.)
Und dieses theu're Kind, es sei Dein eigen.

## Neunte Scene.

NB. In Bezug auf die Bilder, die nun dargestellt werden sollen, ist zu bemerken, daß dieselben, wenn die Zeit zum Arrangement nicht ausreicht, in den drei von den beiden Säulen gebildeten Zwischenräumen erscheinen müssen. Zu gehöriger Zeit senkt sich eine meergrüne Gaze herab, die je nach Bedürfniß beleuchtet wird und zuerst die Landschaft, dann die beiden lebenden Bilder sehen läßt. Bei der Aufführung auf der Breslauer Bühne hatte die Halle nur eine große Oeffnung in der Mitte, in der die Bilder nach einander erschienen.

Ein langgehaltener, wilder Ton erklingt in kurzen Pausen. Dann läßt sich eine Fanfare hören, der eine offene Raum im Hintergrunde läßt Bruno's Heimath, das Forsthaus im Walde mit dem Brunnen dabei sehen.

   Bruno (bewegt).
 Du trautes, heim'sches Dach
 Im grünen Wald,
 Ihr frohen Hörnerklänge,
 So theuer mir
  Und doch so fern von meinem Glück,
  Euch kehr' ich nimmermehr zurück.

Während des Gesanges ist das Bild verschwunden, als Bruno geendet, zeigt sich in dem anderen Raume ein neues Bild. Der Strand; Gertrud steht am Ufer und ringt die Hände; Hannsen will eben in ein Boot steigen, in dem sich bereits ein anderer Fischer befindet, um Bruno aufzusuchen. Hannsen legt betheuernd die Hand auf's Herz.

   Bruno.
 Arme Gertrud, Deine Thränen
 Tief in meine Seele dringen.
 End', o ende dieses Sehnen,
 Dies verzweiflungsvolle Ringen.
  Ach, ich mußte Dich verlassen,
  Die Du mich so treu geliebt;
  Mußt' ein neues Glück umfassen,
  Ewig rein und ungetrübt.
 Konnte meine ganze Seele,
 All' mein Lieben Dir nicht weih'n.
 Zürne nicht ob meinem Fehle!
 Dein, Venita; ewig Dein!
   (Schließt Venita in die Arme.)

Es zeigt sich ein stilles, düsteres, aber reinliches Kämmerlein; eine flackernde Lampe brennt auf dem Tische, daneben liegt eine große aufgeschlagene Bibel; vor dem Tische sitzt Bruno's Mutter, bleich, die Hände in den Schooß gefaltet. In tiefschmerzlicher Resignation haftet ihr starrer Blick am Boden. Bruno, der bisher Benita umschlungen hielt, richtet sich jetzt empor und erblickt plötzlich das Bild; es durchzuckt ihn, wie ein elektrischer Schlag, beide Arme dem Bilde entgegenstrebend, ruft er mit vor Schmerz und Sehnsucht erstickter Stimme:

### Bruno.
Meine Mutter!
Zu ihr, zu ihr!
(Er stürzt einige Schritte dem Bilde entgegen, dann auf's Knie.)
(Das Bild verschwindet.)

Benita (verbirgt ihr Gesicht in ihre Hände).
Wehe mir!

### Melchior.
Wehe! Weh' mein armes Kind!

### Chor.
Ha! entschieden ist sein Loos!

Es tritt eine Pause ein. Bruno erhebt sich und wendet sich langsam dem Vordergrunde zu. Er faßt noch nicht das so eben Geschehene und seine Folgen. Mit bebender Stimme und noch ganz dem eben erhaltenen Eindruck hingegeben singt er:

### Bruno.
Ach, der theuren Mutter Schmerz
Ueberwältigte mein Herz.

Benita (trostlos zu Bruno gewendet).
So konntest Du Dein Glück nicht besser hüten,
Des Herzens Sehnen nicht gebieten?

Bruno (sich ermannend).
Mein Glück bist Du allein!
Komm an mein Herz!
(Naht sich ihr.)

Melchior (tritt dazwischen).
Halt ein!
Kennst Du nicht das Gesetz?!

Melchior und Chor.
Nur wer mit starker Hand
Ein jedes Band zerrissen,
Das ihn geknüpft an jenes sonn'ge Land
Darf unser Leben theilen.
Noch fesselt Dich ein starkes Band,
Drum darfst Du hier nicht länger weilen.

Die Larven umringen Bruno und suchen ihn fortzuführen.

Bruno (setzt sich verzweiflungsvoll zur Wehre).
Fluchwürd'ger Trug, der mich umsponnen,
Den ihr zu meiner Pein ersonnen.

Benita (eilt zu Melchior, von ihm zu Einzelnen aus dem Chor).
O habt Erbarmen, laßt ihn bleiben!
Mein Glück wollt ihr von hinnen treiben.

Melchior und Chor.
Frei können wir nicht schalten
Wo das Gesetz muß walten.

Benita (fällt Melchior zu Füßen).
Du hast das Leben
Mir gegeben,
Du nimmst es mir,
Nimmst Du mir meine Liebe!

Melchior (hebt sie auf).
Ich folge meiner Pflicht,
Wenn auch das Herz mir bricht!

Bruno.
Hört mich! Laßt mich zu ihr, zu ihr!
Benita, ewig gehör' ich Dir!

Bruno kämpft gegen die Uebermacht und wird endlich, überwältigt, hinausgeschleppt.

Chor und Melchior.
Fort nach oben zum Tageslicht!
Du bist der Uns're nicht.

Benita will sich an Bruno anklammern; man hält sie zurück; sie sinkt ohnmächtig zusammen, als man Bruno hinausführt.

## Zehnte Scene.

Benita rafft sich auf, sucht Bruno mit dem Blick; dann voller Verzweiflung:

**Benita.**
Weh! Weh, Benita, über Dich!
Dein höchstes Gut ist Dir entrissen;
Der eig'ne Vater tödtete Dein Glück!

**Melchior.**
Nicht ich, Dich beugte höh're Macht.
Könnt'st Du in meiner Seele lesen,
Du schmähtest nicht dies treue Vaterherz.

**Benita** (wirft sich an seine Brust).
O mein Vater!

**Melchior.**
Hier suche Ruh' und Frieden,
Vergiß an meiner Brust
Das Leid, das Dir beschieden,
Die kurze Liebeslust.

**Chor.**
Vergiß an treuer Brust
Die kurze Liebeslust.

**Benita** (reißt sich los).
Kann ich das Herz aus meinem Busen reißen,
Kann ich die Seele mir zerstücken,
Daß kein Gedank' an ihn mir bliebe?!
Ach, ewig ist mein Schmerz, wie meine Liebe!

**Melchior.**
Sieh' meine Pein!

**Benita.**
O schone mein!

**Chor.**
Hör' auf sein Fleh'n!

**Benita.**
Ich muß vergeh'n,
Darf ich den Theuren nicht mehr seh'n.

#### Melchior.
Bist Du den Deinen, mir so ganz entfremdet,
Hast Du Dich ganz zu eigen ihm gegeben,
So geh', wohin Dein Herz Dich zieht.
Doch wisse: keine Rückkehr giebt's für Dich;
Und wenn dereinst sein Auge bricht,
Erlischt auch Deines Lebens Licht.

#### Benita (leidenschaftlich).
Mit ihm vereint ist Sterben Seligkeit!

#### Melchior.
So willst Du wirklich mich verlassen?!
Ach, nimmer kehrst Du mir zurück!
O gehe nicht, ich kann's nicht fassen;
Dich lockt ein trügerisches Glück.

#### Chor.
O gehe nicht, bleib' hier zurück!
Dich lockt ein trügerisches Glück.

#### Benita.
Wild streitende Gefühle
Zerreißen meine Brust;
Ich dulde bitt're Schmerzen
Gepaart mit Himmelslust.

#### Melchior und Chor.
Entscheide Dich!

#### Benita.
Ach, daß ihr ihn von hinnen triebt,
Den meine Seele glühend liebt!

#### Melchior und Chor.
Entscheide Dich!

#### Benita (für sich).
Mit Liebesmacht zieht's mich zu Dir —
Mit tausend Banden hält's mich hier.

#### Melchior und Chor.
Entscheide Dich!

Benita.

Wohlan, ich muß hinauf!
Dem übermächt'gen Drange
Erliegt die Kraft!

Melchior und Chor (wenden sich von ihr ab).

Weh, Benita, weh!
Oben in der Sonne Pracht
Versinkt Dein Stern in Nacht.

Benita.

Was wendet ihr euch von mir ab,
Weil ich so treu geliebet hab'?
(Zu Melchior's Füßen.)
Auch du kannst so mich von Dir lassen,
(Erfaßt seine Hand.)
Hast Du kein letztes Vaterwort
Für mich? kein liebendes Umfassen?
Läßt Du mich ohne Segen fort?!
(Aufhorchend.)
Doch horch! ist's nicht sein lautes Flehen,
Das in die Tiefe zu mir dringt?!
(Gleichsam von einer Vision erfaßt.)
Verzweifelnd mein' ich ihn zu sehen,
Wie er die Hände nach mir ringt,
Voll Lieb' und Todesmuth
Naht er der tück'schen Fluth —
Nein, sterben sollst Du nicht!
(Springt auf.)
Ich komm', ich komme! Auf zum Licht!
(Sie stürzt fort.)

Melchior und Chor.

Weh! Benita, weh!

Bineta versinkt wieder, während Benita emporgetragen wird. Man erblickt schließlich die Düne aus dem Beginn des zweiten Aktes. Benita steigt aus dem Meere empor und drückt pantomimisch das Glück aus, das sie empfindet.

Der Vorhang fällt.

Ende des zweiten Aktes.

# Dritter Akt.

### Erste Scene.

Das Fischerdorf am Meere aus dem ersten Akt. Stürmische See. Gertrud steht mit Frauen und Mädchen aus dem Dorfe auf der Klippe; einige am Fuße derselben. Sie sehen nach Hannsen aus, der ausgefahren ist, um Bruno zu suchen. Bruno's Mutter sitzt in stummer Verzweiflung auf der Bank vor Hannsen's Hütte; neben ihr steht Claas, der sie zu trösten versucht.

Lied mit Chor.

Gertrud.

Vom Klippenrand
Hängt unverwandt
Mein Blick am Meer.
Mein Herz ist schwer,
Mein starres Auge weint
Um den verlor'nen Freund.

Chor der Frauen und Mädchen.

Ihr Herz ist schwer,
Ihr starres Auge weint
Um den verlor'nen Freund.

Gertrud.

Gieb mir zurück
Mein ganzes Glück,
Treulose Fluth! —
In grauser Wuth
Sich Well' um Welle bricht,
Den Liebsten bringt sie nicht.

Chor der Frauen und Mädchen.

In grauser Wuth
Sich Well' um Welle bricht,
Den Liebsten bringt sie nicht.

Recitativ.

**Mutter.**
O mein Sohn; mein theures Kind!
Werd' ich Dich jemals wiederseh'n?!

**Claas**
So tröstet Euch doch, seid gefaßt
Und bleibet guten Muth's! Ihr wißt,
Daß man im Dorf ein Boot vermißt;
Darin ist sicher Euer Sohn,
Wie oftmals schon,
Hinaus in See gegangen.
Seit früh schon blies es stark von Land,
Drum konnt' er noch nicht heimgelangen.
Doch Vater Hannsen wird's gelingen,
Sorgt nicht, er wird zurück ihn bringen.

**Gertrud.**
Ein Segel taucht empor! —

**Mutter** (zu Claas).
O geht hinauf, seht nach dem Boote aus.

(Claas eilt auf die Klippe.)

**Mutter** (mit gefaltenen Händen).
Höre mich, himmlischer Vater!
Gieb mir mein Kind zurück,
Laß es mich einmal noch
In meine Arme schließen.

**Claas.**
Sie steuern zu uns her!

**Gertrud.**
Seht ihr das weh'nde Tuch?!

(Läßt gleichfalls ein Tuch wehen.)

**Claas.**
Er ist's!

**Gertrud.**
Er winkt uns zu!

#### Claas.
Ihm folgt ein kleines Boot!

#### Hannsen (ruft herauf).
Ich hab' ihn gefunden; er lebt!

#### Alle.
Er lebt!

#### Hannsen.
Werft mir ein Tau herab!

Während Claas ein Tau auswirft und das Boot heranzieht, ist Gertrud herabgeeilt und hat sich der Mutter in die Arme geworfen.

#### Quintett mit Chor.

#### Gertrud.
O Glück, wie schwer bist Du zu tragen!

### Zweite Scene.

Bruno steigt auf Claas und Hannsen gestützt an's Land. Mit stierem Blick und wankend schreitet er bis zur Bank vor Hannsens Hause. Er scheint seine Gedanken noch nicht recht sammeln zu können. Die Mutter und Gertrud gehen, stumm vor Freude und Angst, nebenher, nachdem sie Hannsen die Hand gedrückt und pantomimisch gedankt haben.

#### Hannsen (zu Bruno).
So; stützt Euch nur auf mich!

#### Claas.
Sagt, Vater, sagt, wo fandet Ihr ihn denn?

#### Hannsen.
Er trieb auf offner See,
Bewußtlos ausgestreckt im Boot.
Wir meinten schon, er wäre todt;
Doch war er schnell dem Leben
Auf's Neu' zurückgegeben.
Bald wird er wieder Kraft gewinnen,
Er kann sich nur noch nicht besinnen.

3*

Man ist bei der Bank angelangt, auf die Bruno niedergelassen wird. Gertrud kann ihr Gefühl nicht länger beherrschen, sinkt vor Bruno auf's Knie und ruft laut:

### Gertrud.

Bruno, mein Geliebter!

Bruno erfaßt sie mit beiden Händen und starrt sie an; seine Sinne kehren wieder, er erkennt Gertrud und ruft, sie von sich abwehrend und die Augen mit den Händen bedeckend:

### Bruno.

Sie ist es nicht! Sie ist es nicht!

Gertrud sinkt trostlos zusammen. Die Mutter schließt Bruno erschreckt in die Arme.

### Mutter.

Willst Du auch Deine Mutter nicht erkennen?!

Bruno (in Thränen sie an's Herz drückend).
Meine Mutter! Wenn Du wüßtest!
Alles, Alles ist verloren!
Doch Du bist nicht schuld daran.

### Mutter.

Beruh'ge dich, mein armes Kind —
Es kann noch Alles besser werden.

### Hannsen.

Der liebe Gott hat seine Hand
Recht sichtlich über Euch gehalten.
Denn schlafend eine ganze Nacht
Im Boot auf off'ner See verbracht —
Das ist ein starkes Stück.
Dankt Eurem guten Glück,
Daß nur die Nebel Euch zu Kopf gestiegen; —
Ihr könntet jetzt leicht auf dem Grunde liegen.

Bruno (erhebt sich und tritt Hannsen näher).
Ihr mein't, ich hätte Tag und Nacht
Im Boote schlafend zugebracht?

### Hannsen.

Nun ja; wie sollt' es anders sein?

Bruno.
Und war ich denn im Boot allein?

Hannsen.
Ja, Herr!

Bruno.
Ich hätte nicht erlebt,
Was noch mir durch die Seele bebt?
Die Seligkeit an ihrem Herzen,
Den wilden Kampf, der Trennung Schmerzen —
Geträumt hätt' ich mein höchstes Glück,
Geträumt mein bitterstes Geschick?!

Gertrud und Mutter.
Dein Herz erfüllt
Ein Traumgebild.
Ermanne Dich, bist Du dem Leben,
Bist Du doch uns zurück gegeben.

Hannsen und Claas.
Sein Herz erfüllt
Ein Traumgebild.
Ermannet Euch, mit kräft'gem Streben
Beginnt das neugeschenkte Leben.

Bruno.
Hat mich denn wirklich ein Traum befangen,
War ich ein armer, ein kranker Thor,
Werd' ich doch immer danach verlangen,
Was ich erwachend auf ewig verlor.

Gertrud und Mutter (von beiden Seiten Bruno erfassend).
Bei uns wirst Du vergessen,
Was Du im Traum besessen.

Hannsen und Claas.
Ihr werdet bald vergessen,
Was Ihr im Traum besessen.

Bruno (erblickt plötzlich Benita's Ring an seiner Hand).
Ha! seh' ich recht!?

Gertrud und Mutter.

O Gott!

Hannsen.

Was ist Euch denn?

Bruno (für sich).

Er ist's! Es ist ihr Ring, der wie ein Stern
In finst'rer Nacht mir hell entgegen blinkt.

Mutter.

O sprich zu uns!

Gertrud.

Geliebter, fasse Dich!

Bruno (für sich).

Ich habe nicht geträumt! Dort unten weilt
Mein Lieb, das nun auf ewig mir entrissen!

(Zu Hannsen.)

Hört, Hannsen, sangt Ihr nicht ein Lied
Von einer schönen, alten Stadt,
Die dort am Meer gestanden hat?

Hannsen.

Ja, Herr; doch das ist lange her;
Die Stadt versank in's tiefe Meer.

Bruno (zu Hannsen).

Doch blieb sie noch dort unten steh'n;
Ich war darin, hab' sie seh'n.

Hannsen.

Was schwatzt Ihr nur für tolles Zeug?
Kommt, geht nach Haus und ruhet Euch!

Gertrud und Mutter.

Hör' unser Fleh'n;
Laß heim uns geh'n!

Claas und Hannsen.

Könnt' Ihr dem Fleh'n
Noch widersteh'n?

Gertrud, Mutter, Claas, Hannsen und Frauenchor.
Wie er so starr und seltsam blickt,
Als wäre er der Erd' entrückt.
Er höret unsere Worte nicht —
Verstört und bleich ist sein Gesicht.

Bruno (für sich).
Du Liebespfand
An meiner Hand,
Ziehst mich zu ihr hinab,
Die Dich mir gab.
Muß zu ihr bringen,
Sie zu erringen.

Alle außer Bruno.
O { kehret nun / folge uns } zum stillen heim'schen Dach
Und { ruhet / ruhe } aus nach überstand'nem Leib.

Bruno.
Könnt' ich das Leid verwinden,
Könnt ich die Ruhe finden!

Alle außer Bruno.
O { kehret nun / folge uns } zum stillen heim'schen Dach
Und { ruhet / ruhe } aus nach überstand'nem Leib.

Bruno.
So will ich noch ein Mal mit Euch geh'n,
Noch ein Mal die theure Heimath seh'n.

Fischer kommen.
Kommet zum Tanz!
Schon locken die Geigen
Zum fröhlichen Reigen.
Warten schon lang genug
Drüben im Krug.

*Frauenchor, Claas und Hannsen.*
Bräutigam und Braut
Sie müssen sich rühren,
Den Reigen zu führen.

*Fischer und die Obigen.*
Auf denn, mit Strauß und Kranz
   Kommet zum Tanz!

*Gertrud, Mutter und Bruno.*
O laß uns heimwärts ziehen,
Dem festlichen Jubel entfliehen.

*Hannsen, Claas und Chor.*
Geleit' Euch Gott zum heim'schen Dach,
Euch folgen uns're Wünsche nach.

*Mutter (zu Hannsen).*
Dank Euch für Eure edle That,
Die mir den Sohn gerettet hat.

*Bruno (für sich).*
Bricht die schwarze Nacht herein,
Will ich wieder beim Liebchen sein.
            (Zu Gertrud und Mutter.)
Drum laßt uns eilen,
Nicht länger weilen.

*Gertrud (für sich).*
Ich dulde bitt're Schmerzen,
Mein Herz ist Gram erfüllt,
Denn, ach, in seinem Herzen
Erlosch mein armes Bild.

(Bruno mit Gertrud und Mutter ab. Chor mit Claas und seiner Braut nach einer anderen Seite hin in den Krug.)

Hannsen deutet ihnen pantomimisch an, sie möchten nur immer voraus gehen und tritt dann in seine Hütte.

## Dritte Scene.

Es ist dunkel geworden; ein Gewittersturm erhebt sich. Benita, im ersten Kostüm, tritt von der Seite der Klippe auf und späht umher.

### Arie.
#### Benita.

Wo find' ich ihn, den Treugeliebten!?
Pfadlos irr' ich in Sturm und Nacht,
Doch treibt's mich weiter und immer weiter
Zu ihm, zu ihm mit Liebesmacht.
Ihr himmlischen Blitze zeigt mir den Pfad,
Den jetzt mein Fuß zu wandeln hat!
(Die Blitze beleuchten die schäumenden Meereswellen.)
(Dem Meere zugewendet.)
Wall'st du empor und zürn'st, gewalt'ge See,
Streck'st beine Wogenarme nach mir aus?!
Dein finst'res Thor ist mir fortan verschlossen,
Zerrissen jedes Band mit euch dort unten.
Nehmt hin mein freudenloses, ew'ges Leben,
Laßt mich in seinen Armen glücklich sein,
Ihm Lieb' um Liebe, Seel' um Seele geben.
(Tritt wieder in den Vordergrund.)
Frei bin ich jetzt, bin Deines Gleichen,
Frei werf' ich mich an Deine Brust.
Mein Herz will keinem Herzen weichen,
Ist hoher Liebe sich bewußt.
Ob auch die Elemente streiten,
Ob Nacht verbirgt der Sterne Schein,
Die Liebe soll mich zu Dir leiten,
Sie soll mein Stern, mein Führer sein.

## Vierte Scene.

Sie will eilig weiter gehen, als Hannsen aus seiner Thüre tritt und sie gewahrt.

#### Hannsen (über ihre Erscheinung erstaunt).

Wohin so spät, mein Kind, wohin?
Was treibt Dich denn in die Nacht hinaus?!

Benita.

O laßt mich meines Weges zieh'n;
Ich will noch heut in's Försterhaus.

Hannsen.

Das ist noch weit in den Wald hinein.
's ist spät und stürmt — Du bist allein, —
Ich rathe Dir, bleib' hier am Ort.

Benita.

Kann hier nicht rasten, es treibt mich fort!

Hannsen.

Laß Dir doch sagen,
Tritt hier hinein.
(Zeigt auf seine Hütte.)

Benita.
Ich darf's nicht wagen;
Es kann nicht sein.

Benita (für sich).

Verloren ist mir jede Stunde,
Die fern von ihm verstreicht.
Ihr Stürme gebt ihm frohe Kunde,
Bis ihn mein Wort erreicht.

Hannsen (für sich).

Müßt' ich nur nicht beim Feste sein,
Ließ' ich sie wahrlich nicht allein.

(Zu Benita.)

Hör' Kind, ich mein' es gut mit Dir.
Du wirst im Dunkeln den Weg verlieren,
Bis Morgens früh im Walde irren.
Was hilft da Dein Eilen?! Drum bleibe hier,
Ruh' Dich in meiner Hütte aus,
Und morgen mit dem früh'sten Tag
Führ' ich Dich selbst zum Försterhaus.

Benita (händeringend).
So hält mich denn, so nah' dem Glück,
Das Schicksal grausam noch zurück!

Hannsen (nimmt ihre Hand).
Mein armes Kind!

Benita (lehnt ihren Kopf an seine Schulter).
Ich muß verzagen!

Hannsen.
O stille Deine bitt'ren Klagen.
Mein Haus schirmt Dich vor Ungemach,
Als wär's Dein heimathliches Dach.

Benita.
Ich habe keine Heimath mehr;
Verlassen bin ich, bin verbannt;
Darum ist mir das Herz so schwer.
Wo liegt mein neues Heimathland!?

Hannsen (tröstend).
Der Herr, der über Sternen
Den Lauf der Welten lenkt,
Er sieht aus weiten Fernen
Auch was Dein Herz bedrängt.
Vertrau' auf ihn nur alle Zeit,
Er hilft Dir gnädig aus Deinem Leid.

Benita (faltet die Hände und stimmt
in seine Weise ein).
O Herr, der über Sternen
Den Lauf der Welten lenkt,
Du siehst aus weiten Fernen
Auch was mein Herz bedrängt.
Auf Dich vertrau' ich alle Zeit,
Hilf Du mir gnädig aus meinem Leid.

(Sie treten in die Hütte; während des Ritornells kommt Hannsen wieder heraus.)

### Fünfte Scene.

#### Recitativ.

**Hannsen.**

Das arme Kind ist doch nun unter Dach.
That mir von Herzen leid. Wer mag sie sein?
Mein Lebtag sah ich solch ein Mädchen nicht. —
Doch drüben wird man längst schon meiner warten,
Drum eilig fort. Beim Fest darf ich nicht fehlen.

(Eilt in den Krug).

### Sechste Scene.

Das Unwetter hat nachgelassen. Bruno tritt eilig auf und blickt ängstlich zurück, ob man ihm auch nicht folgt.

#### Recitativ.

**Bruno.**

Ich bin allein. — Nur das Gebraus der Wogen
Vernimmt mein Ohr. Kaum daß ein schwacher Laut
Vom frohen Fest zu mir herüberdringt. —
So hab' ich denn das Vaterhaus verlassen —
Bin nun allein — allein in weiter Welt! —

(Er wendet sich der See zu.)

#### Arie.

Du holde Maid im Meeresgrund,
Du meiner Seele Sonnenlicht,
O höre mich zu dieser Stund',
Eh' dieses Herz vor Jammer bricht!

Dir hab' ich mein Leben
Dahin gegeben;
Mein ganzes Sein
Gehört Dir allein;
In Dir nur leb' ich,
Nach Dir nur streb' ich,

Von Dir geschieden,
Lacht mir kein Glück hienieden.

Du holde Maid im Meeresgrund,
Du meiner Seele Sonnenlicht,
O höre mich zu dieser Stund',
Eh' dieses Herz vor Jammer bricht!
Kein lieber Laut schlägt an mein Ohr.
Kein holdes Antlitz taucht empor. —
Kann denn mein Ruf die Fluthen nicht durchdringen?
Muß ich denn selbst Dir Liebeskunde bringen?

(Der Mond ist indeß hinter Wolken hervorgetreten.)

Ha, freundliches Gestirn, zeigt mir dein Strahl
Den dunkeln Pfad, den ich zu wandeln hab'?!

(Tritt in den Vordergrund.)

Nein, länger trag' ich nicht die Qual,
Zur Liebsten zieht es mich hinab.
Hinab, hinab in die blaue Fluth,
In der mein Glück, mein Alles ruht!
Benita! ich komme zu Dir!

(Eilt verzweifelnd die Klippe hinan.)

## Siebente Scene.

Benita in freudigster Aufregung aus der Hütte.

### Benita.

Hier bin ich, Geliebter! Komm' an mein Herz.
Wo find' ich Dich?

(Plötzlich erblickt sie Bruno, der sich eben von der Klippe in's Meer stürzt. Sie stößt einen lauten Schrei aus und sinkt zusammen. Doch sogleich ermannt sie sich wieder, schlägt an die Thüren der Hütten und ruft:

Rettet, helft! Herbei, herbei!

## Achte Scene.

Man kommt mit Kienfackeln, theils aus den Fischerhütten, theils aus dem Kruge herbei.

#### Hannsen.
Was ist gescheh'n?!

#### Chor.
Wer ist in Noth?!

Benita (hat ein Ruder ergriffen, das an einer Hütte lehnte und eilt dem Boote zu).
Mir nach, mir nach! Folgt mir in's Boot!
Von der Klippe sprang er hinab
In's Wellengrab.

(Sie steigt mit Claas und Hannsen in's Boot und stößt ab.)

#### Chor.
In Eil' ein Tau herabgelassen,
Daß es der Arme mag erfassen,
Eh' ihn die Fluth verschlingt.

(Man eilt auf die Klippe und wirft Taue hinab.)

## Neunte Scene.

Gertrud kommt athemlos mit der Mutter an.

#### Gertrud.
Wer ist's, der dort mit den Wogen ringt?

#### Mutter.
O sprecht! Der Sohn
Ist mir entfloh'n.
Bebend erlieg' ich fast
Unter der Sorgen Last.
Laßt es mich wissen,
Ist mir mein Kind
Grausam entrissen?

Chor.

Wen die Wogen verschlangen, wir wissen es nicht;
Doch seht; schon kehret zum Strande das rettende Boot.

Gertrud.

Ach, ich wage kaum zu hoffen;
Tödtlich ist mein Herz getroffen,
Meine Kraft
Ist ganz erschlafft.

Das Boot ist indeß zurückgekehrt. Hannsen springt an's Land. Als er Gertrud und die Mutter erblickt, tritt er zu ihnen, während man sich damit beschäftigt, Bruno an's Land zu tragen.

Mutter (zu Hannsen).

Ha, Euer Blick
Verkündet mein Geschick.

Gertrud.

Wir sind gefaßt, das Schrecklichste zu hören,
Auf ein Mal laßt den Leidenskelch uns leeren.

Hannsen.

Faßt Euch! Vielleicht ist er dem Leben
Auch dies Mal noch zurückgegeben.

Man hat Bruno in dem Vordergrunde niedergelegt, mit dem Kopfe lehnt er an Claasens Knie, während Benita neben ihm kniet. Auf der anderen Seite stehen Gertrud und die Mutter von Hannsen unterstützt. Der Chor bildet einen Halbkreis und lauscht begierig auf ein Lebenszeichen Bruno's.

Benita.

Ach, muß ich so Dich wiederseh'n,
Du treues, treues Herz!
Vor Jammer muß ich hier vergeh'n —
Du siehst nicht meinen Schmerz.
Ist denn kein Lebensfunke mehr in Dir,
Den ich auf's Neue könnt' zur Flamme schüren;
Dringt denn mein lautes Flehen nicht zu Dir,
Kann Nichts dies liebe, starre Herz mehr rühren?!

Erwach'! Schlag' Deine lieben Augen auf,
Laß Deiner Stimme Klang mich wieder hören! —
Kalt und starr!

(Sie späht nach seinem Athem, legt ihre Hand auf sein Herz, hebt die geschlossenen Lider.)

Kein Athemzug hebt seine Brust —

Chor wiederholt diese Worte.

Benita.

Kein warmer Schlag belebt sein Herz —

Chor wie oben.

Benita.

Ein brechend' Aug' bedecken seine Lider —

(Springt verzweiflungsvoll auf.)

Ach! er ist todt! —

Alle.

Weh! er ist todt!

Mutter
(sinkt neben der Leiche in's Knie von Gertrud unterstützt).

Mein theures Kind!

Benita (schwankend).

So brich auch du, mein Herz!

Alle außer Gertrud und Mutter.

Sie stirbt. Helft! Steht ihr bei!

Benita (sinkt zu Bruno geneigt).

(Nach oben deutend.)

In jener Heimath dort seh'n wir uns wieder!

(Sie stirbt.)

## Zehnte Scene.

(Das Meer brauft auf, finstre Wolken verhüllen den Mond, Blitze zucken, Donner rollt, aus der Tiefe der See tönen wilde Klänge empor.)

Chor der Meerbewohner.

Wir steigen empor
Zum Meeresthor.
Nächtiger Graus
Zieht mit uns hinaus.
Meermädchen und ihr Buhle fein,
Soll't nun im Meer begraben sein.

Alle (voll Entsetzen).

Seht, wie in schwarzer Wolken Nacht
Des Mondes Licht versinkt.
Es zucken die Blitze, der Donner kracht,
Geheul aus den Wogen des Meeres erklingt.

(Melchior und Meerbewohner erheben sich aus den Wellen und verharren in einer Gruppe, deren Mittelpunkt und Spitze Melchior bildet.)

Alle (weichen zurück).

Welch schreckliches Gesicht!
O Herr, verlaß uns nicht!

Melchior und Chor.

Zwei Seelen schwangen sich himmelan,
Doch die Hüllen verfielen dem Meeresbann.
Die ihr so treue Liebe bargt,
Ihr Herzen werdet nun eingesargt
In Muschelschrein und Korallen bunt.
Hinab, hinab zum Meeresgrund!

(Während Melchior mit den Seinen in's Meer sinken, versinken gleichzeitig auch Bruno und Benita\*); es schwinden die

---

\*) Ob und wie die ursprüngliche Idee ausführbar, nämlich das Meer austreten und die Leichen der Liebenden gleichsam von den Fluthen bedecken und fortspülen zu lassen, dies bleibt dem Ermessen der einzelnen Bühnenvorstände überlassen. Da jedoch die Scene an Bruno's Leiche

düsteren Wetterwolken, die Wogen verrauschen und die ersten Strahlen der aufgehenden Sonne übergießen Alles mit rosigem Schimmer.)

### Elfte Scene.

Alle (erst leise, dann mit voller Kraft).
Die dunkeln Wolken fliehen
Vor lichtem Morgenroth.
          (Sinken auf die Knie.)
Du hast uns Schutz verliehen,
O Herr, in banger Noth.
Und wie nach nächt'gen Qualen
Dein Licht die Welt beglückt,
So laß es Denen strahlen,
Die uns der Tod entrückt.
Auf Dich vertrau'n wir alle Zeit.
Du hilfst uns gnädig aus unser'm Leid.

Der Vorhang fällt.

Ende der Oper.

---

nicht tiefer, als in der Gegend der zweiten Coulisse vor sich gehen darf, so ist ein Forttragen in die See immer sehr mißlich, so daß ein einfaches Versinken vorzuziehen bleibt, wenn die oben ausgeführte Idee nicht in's Werk gesetzt werden kann.

Anmerkung für den zweiten Akt. Wenn das Emporsteigen und das spätere Versinken der Stadt Vineta nicht dargestellt wird, sondern eine einfache Verwandlung stattfindet und am Schluß des Aktes nach den Worten: „Weh, Benita, weh!" der Vorhang fällt, so sind für diesen Fall die Schlüsse von Nr. 3 und 7 auf die in der Partitur angegebene Weise zu kürzen.

Die verehrl. Bühnenvorstände mache ich auf die, auf vielen Bühnen Deutschlands und des Auslandes mit großem Erfolg gegebenen Opern aufmerksam:

## Mehraktige Opern.

Adam, „Giralda" oder „Die neue Psyche." Komische Oper in 3 Akten von M. Scribe, übersetzt von W. Friedrich.

Auber, D. F. E., „Die Circassierin." Komische Oper in 3 Akten, nach dem Französischen von M. Scribe, deutsch von G. Ernst.

Benedikt, J. „Die Rose von Erin. Romantische Oper in 3 Aufzügen.

Blum, „Bergamo." Opera buffa in 2 Aufzügen.

Conradi, A., „Die Braut des Flußgottes." Komische Oper in zwei Akten nach dem Französischen von J. C. Grünbaum.

Dorn, „Die Nibelungen." Große Oper in fünf Akten von E. Gerber.

Flotow, von, „Indra." Romant. Oper in 3 Akten von Gustav zu Putlitz.

— „Rübezahl." Romant.-komische Oper in 3 Aufz. von G. zu Putlitz.

— „Sophia-Catharina." (Großfürstin.) Romant.-komische Oper in zwei Abtheilungen und vier Akten von Charlotte Birch-Pfeiffer.

Gounod, Ch., „Faust." Große Oper in 5 Akten von Barbier u. M. Carré.

Halévy, „Jaguarita." Komische Oper in drei Akten, nach dem Französischen des St. Georges, deutsch v. J. C. Grünbaum.

— „Das Thal von Andorra." Romant.-komische Oper in drei Akten, nach dem Französischen des St. Georges, frei bearbeitet von L. Rellstab.

L'Arronge, Adolph., „Das Gespenst." Komische Oper in zwei Akten.

Maillart, Aimé, „Das Glöckchen des Eremiten." Komische Oper in 3 Akten, nach dem Franz. des Lockroy u. Cormon, deutsche Bearb. v. G. Ernst.

— „Die Fischer von Catania." Lyrische Oper in 3 Akten, nach dem Französischen von J. C. Grünbaum.

Meyerbeer, G., „Dinorah", oder „die Wallfahrt nach Ploermel." Komische Oper in 3 Akten, nach dem Französischen des M. Carré und J. Barbier, in deutscher Uebersetzung von J. C. Grünbaum.

Nicolai, „Die lustigen Weiber von Windsor." Kom.-phantast. Oper in drei Akten mit Tanz nach Shakespeare's gleichnam. Lustspiel von H. Mosenthal.

Redern, Graf W. von, „Christine von Schweden." Oper in 3 Akten, Text von Tempeltey.

Rossini, „Bruschino." Burlesk-komische Oper in zwei Akten, nach dem Französischen des St. Georges, deutsch von J. C. Grünbaum.

Schäffer, Aug., „Die schöne Gascognerin." Oper in 2 Aufz., Text v. Gerber.

Schindelmeißer, L., „Melusine." Große romantische Oper in vier Akten mit Ballet, nach dem Französischen von E. Pasqué.

Schliebner, „Der Graf von Santarem". Oper in 3 Akten.

Schmidt, Gustav, „La Réole." Oper in 3 Akten von Charl. Birch-Pfeiffer.

Taubert, „Joggeli." Oper in drei Akten von Dr. Köster.

— „Macbeth." Oper in 5 Akten von Fr. Eggers.

Offenbach, „Orpheus in der Hölle." Burleske Oper in zwei Aufzügen von H. Crémieux.

— „Genoveva von Brabant." (Die schöne Magellone.) Komische Oper in 3 Akten und 6 Tableaux, nach dem Französischen.

— „Die Seufzerbrücke." (Le pont des soupirs.) Bouff.-Oper in 2 Akten und 4 Bildern.

— „Venedig in Paris." Possen-Oper in 3 Akten; Deutsch von G. Ernst.

— „Le roman comique." Oper in drei Akten.

— „Mes dames de la Halle." Oper in zwei Akten.

Wüerst, R., „Vineta" oder „am Meeresstrande". Große romant. Oper in 3 Akten, nach Oerstäcker bearbeitet.

## Einaktige Opern.

Blum, „Mary, Mar und Michel." Komische Oper in einem Akt.

Conradi, A., „Rübezahl." Komische Operette in einem Akt, nach einem schlesischen Volksmärchen bearbeitet von G. Jansen.

Flotow, F. von, „Die Wittwe Grapin." Operette in 1 Aufzuge nach dem Französischen von A. de Forges, in deutscher Uebersetzung von Mardwort.

Gastinel, „Eine Oper an den Fenstern." Operette in einem Akt, nach dem Französischen des L. Halévy von J. C. Grünbaum.

Genée, R., „Der Musikfeind." Operette in einem Akt.

— „Die Generalprobe." Operette in einem Akt.

Klerr, Joh. Bapt., „Die böse Nachbarin" oder „Das war ich." Operette in einem Akt.

Offenbach, „Die Verlobung bei der Laterne." Operette in einem Akt, Text von Michael Carré und Léon Battu.

— „Das Mädchen von Elizondo." Komische Oper in einem Akt, nach dem Französ. des Battu u. Moinaux v. Th. Gaßmann u. J. C. Grünbaum.

— „Schahsticher und Millionair." Operette in einem Akt, nach dem Französischen des H. Crémieux bearbeitet von Th. Gaßmann.

— „Daphnis und Chloe." Operette in einem Aufzuge von Clairoche und Cortier, deutsch von G. Ernst.

— „Fortunio's Lied." Operette in einem Akt, nach dem Französischen deutsch bearbeitet von G. Ernst.

— „Martin der Geiger." Singspiel in einem Aufzuge, nach le violoneux von M. Bahn.

— „Nummer sechs und sechszig," oder „Die Savoyardenknaben." Komische Oper in einem Akt, nach dem Französischen des de Forges und de Laurencin, in deutscher Uebersetzung von N. Kießling.

— „Der Herr Gemahl vor der Thür." Operette in einem Akt nach dem Französischen des Delacour und Morand, in deutscher Bearbeitung von A. Bahn und J. C. Grünbaum.

— & Conradi, „Salon Jäschke." Operette in einem Akt nach dem Französischen von Pohl. In Wien unter dem Titel: „Salon Pitzelberger", in Berlin unter dem Titel „Herr Maier giebt sich die Ehre" u. s. w., gegeben.

— „Apotheker und Friseur." Operette in einem Akt nach dem Französischen, bearbeitet von Ernst.

— „Herr und Madam Denis." Komische Oper in einem Aufzuge von Laurencin und Delaporte. Deutsch von G. Ernst.

— „Die verwandelte Katze." Oper in einem Akt.

— „Die Kinderwärterin." Oper in einem Akt.

— „La rose de St. Flore." Oper in einem Akt.

— „Berliner in Japan." Oper in einem Akt.

— „Le vent du soir." Oper in einem Akt.

— „Die beiden Blinden." Oper in einem Akt.

St. Rémy, „Le Mari sans le savoir." Oper in einem Akt.

Zu allen vorstehenden Opern sind außer Partitur und Buch gleichzeitig in sauberer und correcter Abschrift Solo-, Chor- und Orchesterstimmen sofort mit allen nöthigen Doubletten vorräthig und kann deshalb jede Oper ohne Verzug in Angriff genommen werden. Der Preis der Copiatur ist auf das Billigste gestellt.

Laut contractlichem Abschluß mit der Direction der *Bouffes Parisiens*, Herrn J. Offenbach zu Paris, habe ich das ausschließliche Eigenthumsrecht sowohl der Herausgabe als der öffentlichen Aufführung aller bisher auf dieser Bühne erschienenen und noch erscheinenden Werke für ganz Deutschland erworben, mithin das Aufführungsrecht nur von mir zu erlangen ist und mir das alleinige Recht der Publikation zusteht.

Jedem Eingriff in meine wohlerworbenen Rechte werde ich durch die mir zur Seite stehenden Gesetze begegnen.

Approuvé *Jacques Offenbach*.

**Ed. Bote & G. Bock** (G. Bock),
Hof-Musikhändler J.J. K.K. des Königs und der Königin und Sr. Königl. Hoheit des Prinzen Albrecht von Preußen. Berlin.